にほんご

穩紮穩打日本語

初級3

目白JFL教育研究会

前言

　　課堂上的日語教學，主要可分為：一、以日語來教導外國人日語的「直接法（Direct Method）」；以及，二、使用英文等媒介語、又或者使用學習者的母語來教導日語的教學方式，部分老師將其稱之為「間接法」（※：此非教學法的正式名稱）。

　　綜觀目前台灣市面上的日語教材，絕大部分都是從日方取得版權後，直接在台重製發行的。這些教材的編寫初衷，是針對日本的語言學校採取「直接法」教學時使用，因此對於在台灣的學校或補習班所慣用的「使用媒介語（用中文教日語）」的教學模式來說，並非那麼地合適。且隨著時代的演變，許多十幾年前所編寫的教材，其內容以及用詞也早已不合時宜。

　　有鑑於網路教學日趨發達，本社與日檢暢銷系列『穩紮穩打！新日本語能力試驗』的編著群「目白JFL教育研究會」合力開發了這套適合以媒介語（中文）來教學，且通用於實體課程與線上課程的教材。編寫時，採用簡單、清楚明瞭的版面、句型模組式教學、再配合每一課的對話文以及練習題，無論是「實體一對一家教課程」還是「實體班級課程」，又或是「線上同步一對一、一對多課程」，或「線上非同步預錄課程（如上傳影音平台等）」，都非常容易使用（※ 註：上述透過網路教學時不需取得授權。唯使用本教材製作針對非特定多數、且含有營利行為之非同步課程時，需事先向敝社取得授權）。

　　此外，本教材還備有以中文編寫的教師手冊可供選購，無論是新手老師還是第一次使用本教材的老師，都可以輕鬆地上手。最後，也期待使用本書的學生，能夠在輕鬆、無壓力的課堂環境上，全方位快樂學習，穩紮穩打地打好日語基礎！

想閱文化編輯部

穩紮穩打日本語 初級 3

1. 教材構成

　　「穩紮穩打日本語」系列，分為「初級」、「進階」、「中級」三個等級。每個等級由 4 冊構成，每冊 6 課、每課 4 個句型。但不包含平假名、片假名等發音部分的指導。完成「初級 1」至「初級 4」課程，約莫等同於日本語能力試驗 N5 程度。另，初級篇備有一本教師手冊與解答合集。

2. 每課內容

- ・學習重點：提示本課將學習的 4 個句型。
- ・單字　　：除了列出本課將學習的單字及中譯以外，也標上了詞性以及高低重音。

　　　　　　此外，也會提出各課學習的慣用句。

　　　　　　「サ」則代表可作為「する」動詞的名詞。

- ・句型　　：每課學習「句型 1」～「句型 4」，除了列出說明外，亦會舉出例句。

　　　　　　每個句型還附有「練習 A」以及「練習 B」兩種練習。

　　　　　　練習 A、B 會視各個句型的需求，增加或刪減。

- ・本文　　：此為與本課學習的句型相關聯的對話或文章。

　　　　　　左頁為本文，右頁為翻譯，可方便對照。

- ・隨堂測驗：針對每課學習的練習題。分成「填空題」、「選擇題」與「翻譯題」。

　　　　　　「翻譯題」前三題為「日譯中」、後三題為「中譯日」。

- ・綜合練習：綜合本冊 6 課當中所習得的文法，做全方位的複習測驗。

　　　　　　「填空題」約 25 ～ 28 題；「選擇題」約 15 ～ 18 題。

3. 周邊教材

　　「目白 JFL 教育研究會」將會不定期製作周邊教材提供下載，請逕自前往查詢：

http://www.tin.twmail.net/

13

日本語が　わかりますか。

1. ～は　～が　わかります／できます

2. ～で　～が　できます（状況可能）

3. ～は　～に（目的）

4. ～もう／まだ

わかります（動）	懂、了解	住所<ruby>じゅうしょ</ruby>（名 /1）	地址
できます（動）	會、能	漢字<ruby>かんじ</ruby>（名 /0）	漢字
別れます<ruby>わか</ruby>（動）	分開、分手	意味<ruby>いみ</ruby>（名 /1）	意思
遊びます<ruby>あそ</ruby>（動）	玩耍、遊玩	電気<ruby>でんき</ruby>（名 /1）	電、電燈
戻ります<ruby>もど</ruby>（動）	返回、回原處	料金<ruby>りょうきん</ruby>（名 /1）	費用
支払います<ruby>しはら</ruby>（動）	支付、付款	野球<ruby>やきゅう</ruby>（名 /0）	棒球
留学します<ruby>りゅうがく</ruby>（動）	留學	家事<ruby>かじ</ruby>（名 /1）	家務、家事
旅行します<ruby>りょこう</ruby>（動）	旅行	試合<ruby>しあい</ruby>（サ /0）	比賽
結婚します<ruby>けっこん</ruby>（動）	結婚	飲食<ruby>いんしょく</ruby>（サ /1 或 0）	飲食
運転します<ruby>うんてん</ruby>（動）	開車、駕駛	投資<ruby>とうし</ruby>（サ /0）	投資
予約します<ruby>よやく</ruby>（動）	預約	テスト（サ /1）	考試
売買します<ruby>ばいばい</ruby>（動）	買賣	アプリ（名 /1）	APP 應用程式
喫煙します<ruby>きつえん</ruby>（動）	抽菸	カウンター（名 /0）	櫃檯窗口、收款處
相談します<ruby>そうだん</ruby>（動）	商量	インターネット（名 /5）	網際網路
コピーします（動）	影印、拷貝		

8

クレジットカード（名 /6）	信用卡
バイク（名 /1）	機車
ギター（名 /1）	吉他
サッカー（名 /1）	足球
スキー（名 /2）	滑雪
テニス（名 /1）	網球
ゴルフ（名 /1）	高爾夫球
ピクニック（名 /1）	郊遊
ハイキング（サ /1）	健行
株<ruby>かぶ</ruby>（名 /0）	股票
不動産<ruby>ふ どうさん</ruby>（名 /2）	房地産、不動産
カレー（名 /0）	咖哩
チャーハン（名 /1）	炒飯
ヨーロッパ（名 /3）	歐洲
クリスマスツリー（名 /7）	聖誕樹
おはようございます。	早安
本当<ruby>ほんとう</ruby>ですか。	真的嗎
これから	從現在起

～は　～が　わかります／できます

　　本句型學習「わかります（了解、懂、知道）」與「できます（會）」兩個與「能力」相關的動詞。「知道、了解」以及「能力」的對象，使用助詞「～が」來表達。

　　這裡也學習五個副詞：「よく（很…）／だいたい（大致上…）／少し（一點點…）／あまり（不怎麼…）／全然（完全不…）」，來進一步描述「懂」以及「會」的程度。「あまり（不怎麼…）」與「全然（完全不…）」必須與動詞的否定形一起使用。

例句

・私は　日本語が　わかります。（我懂日語。）

・私は　イギリスの　英語が　**だいたい**　わかります。（我大概懂英式英文。）

・A：鈴木さんは　英語が　わかりますか。（鈴木先生懂英文嗎？）

　B：はい、　**よく**　わかります。（懂，他非常懂。）

・彼は　女性の　心が　**全然**　わかりません。（他完全不懂女人心。）

・A：鈴木さんは　フランス語が　できますか。（鈴木先生懂法文嗎？）

　B：はい、　**少し**　できます。（會，稍微會。）

　　いいえ、　**あまり**　できません。（不，不怎麼會。）

　　いいえ、　**全然**　できません。（不，完全不會。）

1. 私は　中国語が　｜よく　　　｜わかります。

　　　　　　　　　｜だいたい　｜
　　　　　　　　　｜少し　　　｜

　私は　中国語が　｜よく　　　｜わかりません。

　　　　　　　　　｜あまり　　｜
　　　　　　　　　｜全然　　　｜

2. 彼女は　｜家事　　　｜は　できますが、　｜料理　　　　　｜は　できません。

　　　　　｜ピアノ　　｜　　　　　　　　　｜ギター　　　　｜
　　　　　｜野球　　　｜　　　　　　　　　｜サッカー　　　｜
　　　　　｜車の　運転｜　　　　　　　　　｜バイクの　運転｜

1.　例：先輩・テストの　答え（ええ）

　　→　A：先輩、　テストの　答えが　わかりますか。　B：ええ、　わかります。

　　① 林さん・図書館の　電話番号（いいえ）
　　② 先生・ジャックさんの　住所（ええ）
　　③ 山田さん・この　漢字の　意味（いいえ）

2.　例：鈴木さん・何語（日本語と　英語）

　　→　A：鈴木さんは　何語が　できますか。　B：日本語と　英語が　できます。

　　① ダニエルさん・どんな　スポーツ（テニスと　ゴルフ）
　　② あなた・どんな　料理（カレーと　チャーハン）

句型二

～で ～が できます（狀況可能）

　　「できます」除了可以表達上個句型所學習到的「能力」以外，亦可表達「（某狀況下）是否有可能實現」。

　　「狀況可能」並非指此人有無能力辦到此事，而是指「在某狀況下，受到材料因素、機械設備因素或者法律因素等」而導致無法實行。因此多半會與表示場所的「～で」一起使用。

例 句

・コンビニで　コピーが　できますか。（在便利商店可以影印嗎？）

・私の　アパートでは　料理が　できません。（我的公寓不能做料理。）

・この　公園では　野球は　できません。（這個公園不能打棒球。）

・インターネットで　レストランの　予約が　できます。
　（在網路上可以預約餐廳。）

・新幹線では　飲食が　できますが、　地下鉄では　できません。
　（在新幹線裡可以吃東西，但在地鐵裡不行。）

1. この　山では　ハイキング　が　できます。
ピクニック
スキー

1. 例：電車の　中・食事（いいえ）
→　A：電車の　中で　食事が　できますか。
B：いいえ、　できません。
① 会議室・喫煙（いいえ）
② スマホ・株の　売買（はい）
③ この　公園・犬の　散歩（いいえ）
④ アプリ・ホテルの　予約（はい）
⑤ クレジットカード・支払い（はい）

句型三

～は　～に（目的）

　　助詞「～に」可用來表「移動的目的」，與「初級 2」第 8 課學習到的移動動詞「行きます、来ます、帰ります」一起使用。「～に」的前方為「動作性語意」的名詞，如：「買い物、勉強、散歩」…等，或是「動詞連用形（去掉ます後的型態）」，如：「食べ、遊び、見」…等。意思是「（去、來、或回來）等移動的目的，是…」。

例 句

・明日、　デパートへ　買い物に　行きます。（明天要去百貨公司買東西。）

・一緒に　図書館へ　勉強に　行きませんか。（要不要一起去圖書館讀書啊。）

・うちには　大きいクリスマスツリーが　ありますよ。　見に　来ませんか。
　（我家有很大的聖誕樹喔。要不要來看啊。）

・来年、　妻と　船で　ヨーロッパへ　旅行に　行きます。
　（明天我要和老婆搭船去歐洲旅行。）

・田舎へ　両親に　会いに　帰りました。（我回鄉下見了雙親。）

・A：アメリカへ　何を　しに　行きますか。（你去美國幹什麼呢？）
　B：英語を　勉強しに　行きます。
　　　英語の　勉強に　行きます。（去學英文。）

・今日、　佐藤さんと　飲みに　行きますから、　会社へは　もう　戻りません。
　（今天要和佐藤去喝酒，所以不會再回公司了。）

14

1. 昨日、 新宿へ ご飯を 食べ に 行きました。
　　　　　　　映画を　見
　　　　　　　遊び
　　　　　　　食事
　　　　　　　買い物

1. 例：留学

　　→　Ａ：あなたは　何を　しに　日本へ　来ましたか。
　　　　Ｂ：留学に　来ました。
　　① 日本語の　勉強
　　② 家を　買います
　　③ 寿司を　食べます
　　④ 彼女と　結婚します

2. 例：ハワイ・旅行

　　→　Ａ：ハワイへは　何を　しに　行きますか。　Ｂ：旅行に　行きます。
　　① 公園・犬の　散歩
　　② ドバイ・出張
　　③ 銀行・電気料金の　支払い
　　④ 香港・林さんに　会います
　　⑤ 陳さんの　家・サッカーの　試合を　見ます
　　⑥ 彼女の　家・彼女の　料理を　食べます

〜もう／まだ

　　動詞以「〜ました」結尾時，除了可以表示「過去肯定」以外，亦可與副詞「もう（已經）」一起使用，來表達「完成」；或使用副詞「まだ（還沒）」，表達「尚未完成」。

【過去】
・A：昨日、　晩ご飯を　食べましたか。（昨天有吃晚餐嗎？）

　B：はい、　食べました。（有，吃了。）

　　　いいえ、　食べませんでした。（不，沒吃。）

【完成】
・A：もう　晩ご飯を　食べましたか。（你已經吃晚餐了嗎？）

　B：はい、　もう　食べました。（是的，已經吃了。）

　　　いいえ、　まだです。（不，還沒吃。）

・A：もう　宿題を　しましたか。（你已經做完功課了嗎？）

　B：はい、　もう　しました。（是的，已經做完了。）

・A：もう　買い物に　行きましたか。（你已經去買東西了嗎？）

　B：いいえ、　まだです。　これから　行きます。（不，還沒去。我現在就去。）

・A：彼女の　名前は　もう　わかりましたか。（她的名子，已經知道了嗎？）

　B：いいえ、　まだです。（不，我還不知道。）

1. A：もう　家を　買いましたか。　　　　　　B：いいえ、　まだです。
結婚しましたか。
彼女の　両親に　会いましたか。

1. 例：田村課長は　帰りました。（はい）
   → A：田村課長は　もう　帰りましたか。
      B：はい、　もう　帰りました。
   ① 林さんは　寝ました。（いいえ）
   ② 陳さん　起きました。（はい）

2. 例：家を　買いました。　→　家は　もう　買いました。
   ① その　映画を　見ました。
   ② 晩ご飯を　食べました。
   ③ 電気料金を　支払いました。
   ④ レストランの　予約を　しました。

3. 例：彼女の　両親に　会いました。
   → 彼女の　両親には　もう　会いました。
   ① 小石川後楽園へ　行きました。
   ② 買い物に　行きました。
   ③ 彼と　別れました。

（旅客黄先生在機場接受電視節目的採訪）

記者：おはよう　ございます。　東京テレビです。

　　　　日本語が　わかりますか。

黄　：はい、　だいたい　わかります。

記者：お名前は？

黄　：黄です。

記者：黄さんは　何しに　日本へ　来ましたか。

黄　：旅行に　来ました。

記者：旅行ですか。　いいですね。

　　　　これから　どこへ　行きますか。

黄　：今日は　新宿へ　友達に　会いに　行きます。

　　　　それから　銀座へ　買い物に　行きます。

記者：東京だけですか。　大阪へは　行きますか。

黄　：大阪は　もう　行きました。　去年　行きました。

記者：そうですか。　ホテルは　もう　予約しましたか。

黄　：いいえ、　まだです。　これから　予約します。

記者：そこの　カウンターでは　ホテルの　予約が

　　　　できますよ。

黄　：本当ですか。　ありがとう　ございます。

　　　　そちらで　予約します。

（旅客黃先生在機場接受電視節目的採訪）

記者：早安。這裡是東京電視台。你懂日文嗎？

黃　：懂，大概懂。

記者：您貴姓？

陳　：我姓黃。

記者：黃先生您來日本幹嘛呢？

黃　：我來旅行的。

記者：旅行啊，真好。之後要去哪裡呢？

黃　：今天要去新宿見朋友。然後去銀座買東西。

記者：你只在東京嗎？會去大阪嗎？

黃　：大阪我已經去了。去年去了。

記者：這樣啊。你飯店已經預約好了嗎？

黃　：沒，還沒。等一下要預約。

記者：在那裡的櫃檯可以預約飯店喔。

黃　：真的啊，謝謝你。我去那裡預約。

填空題

1. 高橋先生は　フランス語（　　　　）　できます。

2. ジャックさんは　漢字（　　　　）　全然　わかりません。

3. 私は　日本語（　　　　）　わかりますが、　韓国語（　　　　）　わかりません。

4. ホテルの　ロビー（　　　　）は　コピーが　できます。

5. 池袋へ　ラーメンを　食べ（　　　　）　行きます。

6. あなたは　ここへ　何を（　　　　）に　来ましたか。

7. 日本へ　留学（　　　　）　来ました。

8. 食事（　　　　）　もう　しましたか。

選擇題

1. ダニエルさんは　フランス語が　（　）　わかりません。

　　1　とても　　　　　2　だいたい　　　　3　大勢　　　　　　4　全然

2. この　公園（　）は　野球が　できません。

　　1　に　　　　　　　2　で　　　　　　　3　が　　　　　　　4　を

3. 新幹線では　食事（　）　できます（　）、　喫煙（　）　できません。

　　1　は／が／は　　　　　　　　　　2　が／は／が

　　3　を／は／を　　　　　　　　　　4　を／が／を

4. イギリス（　）　英語（　）　勉強（　）　行きます。

1　に／を／に　　2　へ／を／に　　3　へ／の／に　　　4　に／の／を

5. A：先週、　映画を　見ましたか。　B：いいえ、　（　　　）。
　　1　見ません　　　　　　　　　　　2　見ませんでした
　　3　もう　見ます　　　　　　　　　4　まだです

6. A：あの　映画は　もう　見ましたか。
　　B：いいえ、　（　　　）。　これから　見ます。
　　1　見ません　　　　　　　　　　　2　見ませんでした
　　3　もう　見ます　　　　　　　　　4　まだです

翻譯題 ·

1. この　漢字の　意味が　よく　わかりません。

2. 今晩、　一緒に　飲みに　行きませんか。

3. 昨日、　彼女の　家へ　遊びに　行きました。

4. 我會英文和日文。

5. 去紐約工作。

6. 在便利商店可以支付電費喔。

14

かのじょ　　　　はな
彼女に　花を　あげました。

1　〜は　〜に（歸著點）

2　〜は　〜を（場域）

3　〜は　〜に（對方）　　〜を

4　〜は　〜に／から（出處）　　〜を

入^{はい}ります（動）	進入	もらいます（動）	收進來、得到

はい
入ります（動）　　進入

の
乗ります（動）　　乘坐、搭乘

のぼ
登ります（動）　　攀爬、登上

すわ
座ります（動）　　坐

つ
着きます（動）　　到達

つか
疲れます（動）　　疲累

で
出ます（動）　　出去、離開

お
降ります（動）　　從交通工具下來

わた
渡ります（動）　　渡、經過

ある
歩きます（動）　　走路

お
下ります（動）　　自高處下來

と
飛びます（動）　　飛

およ
泳ぎます（動）　　游泳

あげます（動）　　給出去

もらいます（動）　　收進來、得到

か
貸します（動）　　借出去

か
借ります（動）　　借進來

おし
教えます（動）　　教

なら
習います（動）　　學習＜技能＞

でん わ
（電話を）かけます　　打電話
（動）

さる
猿（名/1）　　猴子

とり
鳥（名/0）　　小鳥

き
木（名/1）　　樹、樹木

はな
花（名/2）　　花

や ね
屋根（名/1）　　屋頂

ソファー（名/1）　　沙發

エレベーター（名/3）　　電梯、升降梯

そば（名/1）　　旁邊

つぎ 次 (名/2)	下一個	※真實地名與 　路線名稱：
つく かた 作り方 (名/5 或 4)	做法	たか お さん 高尾山 (名/3) 高尾山
よ かた 読み方 (名/4 或 3)	讀法	けいおうせん 京王線 (名/0) 京王線
か かた 書き方 (名/3)	寫法	
みやげ お土産 (名/0)	伴手禮、土特產	
カステラ (名/0)	長崎蛋糕	
おや 親 (名/2)	父母、雙親	
どうりょう 同僚 (名/0)	同事	
しんせき 親戚 (名/0)	親戚	
くに 国 (名/0)	國家、家鄉	
い さん 遺産 (名/0)	遺產	
ち ず 地図 (名/1)	地圖	
かいさつぐち 改札口 (名/4)	剪票口、檢票口	
かんこうあんないしょ/じょ 観光案内所 (名/0)	旅客服務中心	

～は　～に（歸著點）

　　助詞「～に」使用於場所時，除了可用於表達第 11 課存在、所在句時學習到的「存在場所」以外，亦可表達動作的「歸著點」。此時，後方所使用的動詞多為「伴隨著移動語意」的動作，如：「入（はい）ります（進入）、乗（の）ります（搭乗）、登（のぼ）ります（登、攀爬）、座（すわ）ります（坐下）、着（つ）きます（到達）...」等。

　　第 8 課學習到的移動動詞「行（い）きます、来（き）ます、帰（かえ）ります」亦可使用「～に」來取代「～へ」。

例句

・暑（あつ）いですね。　あの　店（みせ）に　入（はい）りませんか。（好熱喔。要不要進去那間店？）

・東京駅（とうきょうえき）から　新幹線（しんかんせん）に　乗（の）ります。（從東京車站搭新幹線。）

・今度（こんど）の　休（やす）みに、　みんなで　あの　山（やま）に　登（のぼ）りませんか。
（這個假日要不要大家一起去爬那座山啊。）

・ああ、　疲（つか）れました。　ちょっと　ここに　座（すわ）りましょう。
（啊啊，累了。稍微在這裡坐一下吧。）

・もしもし、　今（いま）　どこですか。　（私（わたし）は）　駅（えき）に　着（つ）きましたよ。
（喂，你現在在哪裡呢？我到車站了喔。）

1. 中野 まで 電車 に 乗りました。
　　学校　　　　バス
　　大阪　　　　飛行機

2. 社長は　さっき　会議室　に　入りました。
　　　　　　　　　トイレ
　　　　　　　　　レストラン

3. あっ、　猿が　木　に　登りました。
　　　　　　　　屋根

1. 例：椅子・座ります　→　この　椅子に　座りましょう。
　　例：ソファー・寝ます　→　この　ソファーで　寝ましょう。
　　① 私の　隣・座ります
　　② 私の　そば・寝ます
　　③ あの　ホテル・入ります
　　④ あの　ホテル・休みます
　　⑤ 次の　電車・乗ります
　　⑥ 次の　電車・行きます

句型二

～は ～を（場域）

助詞「～を」除了可用於表達第 10 課的「動作對象（目的語）」以外，亦可表達「離脱、經過、或移動的場域」。此時，後方所使用的動詞多為「離脱語意」的動詞，如：「出ます、降ります」；或者「經過語意」的動詞，如：「渡ります、歩きます、登ります、下ります」；或者「某空間內移動語意」的動詞，如：「散歩します、飛びます、泳ぎます」。

例 句

・妻は　昨日、　家を　出ました。（我老婆昨天離開了家裡。）

・電車を　降ります。　そして、　新幹線に　乗ります。
　（下電車。然後搭上新幹線。）

・あの　小学生は、　1人で　道路を　渡りました。（那個小學生獨自一人過馬路。）

・Ａ：すみませんが、　トイレは　どこですか。（不好意思，請問廁所在哪裡？）
　Ｂ：地下1階です。　この　階段を　下ります。（在地下一樓。要下這個樓梯。）

・Ａ：一緒に　公園を　散歩しませんか。（要不要一起在公園散步呢？）
　Ｂ：ええ、　散歩しましょう。（好啊。去散步吧。）

・鳥は　空を　飛びます。　魚は　海を　泳ぎます。
　（鳥兒在空中飛。魚兒在水中游。）

1. 実家を 出ました。 そして、 大学 に 入りました。
大学　　　　　　　　　　　　　　　　会社
駅　　　　　　　　　　　　　　　　　喫茶店

2. あの 店に 入ります。　あの 店を 出ます。
バス　　　　乗ります。　バス　　　　降ります。
山　　　　　登ります。　山　　　　　下ります。

3. 船 で 川を 渡りました。
飛行機　　空　　飛びました。

4. 1人で 山道を 歩きました。
公園　　　散歩しました。

1. 例：この 部屋・入ります　→　この部屋に 入ります。
例：この 部屋・出ます　→　この部屋を 出ます。
　① 飛行機・乗ります
　② 階段・下ります
　③ 電車・降ります
　④ 木・登ります

〜は　〜に（對方）　〜を

　　本句型學習五個具有「物品或訊息移動（移出）」語意的動詞：「あげます、貸します、教えます、書きます、（電話を）かけます」。動作的主體使用助詞「〜は」、物品或訊息的接收者（對方）使用助詞「〜に」、移動的物品或著被傳遞的訊息使用助詞「〜を」。

物／事を

Aさんは　　　　　　　　　　　　　　Bさんに

例句

・私は　ルイさんに　本を　あげました。（我給路易先生書。）

・妹は　友達に　お金を　貸しました。（妹妹借朋友錢。）

・田中先生は　外国人に　日本語を　教えます。（田中老師先生教外國人日文。）

・（あなたは）　毎日、　家族に　電話を　かけますか。

（你每天都打電話給家人嗎？）

・A：誰に　手紙を　書きましたか。（你寫了信給誰呢？）
　B：弟に　手紙を　書きました。（我寫了信給弟弟。）
　A：ご両親にも　手紙を　書きましたか。（你也寫了信給父母嗎？）
　B：いいえ、両親には　手紙を　書きませんでした。
　（不，我並沒有寫信給父母。）

1. スマホ で　台湾の　家族に　電話を　かけました。
　　携帯　　　　恋人
　　LINE　　　クラスメート

2. インターネットで　日本語　　　　　を　教えます。
　　　　　　　　　　日本料理の　作り方
　　　　　　　　　　日本の　不動産投資

練習B

1. 例：花・あげました（林さん）
　　→　A：誰に　花を　あげましたか。
　　　　B：林さんに　あげました。
　① お金・貸しました（昔の　恋人）
　② 英語・教えました（留学生）
　③ 手紙・書きました（国の　家族）

2. 例：彼女に　何を　あげましたか。（エルメスの　かばん）
　　→　エルメスの　かばんを　あげました。
　① 友達に　いくら　貸しましたか。（100万円ぐらい）
　② どこで　外国人に　日本語を　教えますか。（ヒフミ日本語学校）
　③ いつ　恋人に　電話を　かけますか。（これから）

句型四

～は　～に／から（出處）　～を

本句型學習四個具有「物品或訊息移動（移入）」語意的動詞：「もらいます、借ります、習います、聞きます」。動作的主體使用助詞「～は」、物品或訊息的發出者（出處）使用助詞「～に」或「～から」、移動的物品或著被傳遞的訊息使用助詞「～を」。

物／事を

Aさんは　　　　　　　Bさんに／から

例句

- 私は　王さんに　お土産を　もらいました。（我從王先生那裡得到紀念品。）

- 弟は　恋人に　お金を　借りました。（弟弟向他的男／女朋友借了錢。）

- 小林さんは　ジャックさんに　英語を　習いました。（小林向傑克學英語。）

- 私は　林さんに　そのことを　聞きました。（我從林小姐那裡聽到了這件事。）

- A：鈴木さんに　何を　もらいましたか。（你從鈴木那裡得到了什麼東西呢？）
  B：カステラを　もらいました。　旅行の　お土産です。
  （我收到了長崎蛋糕。是他旅行時買的伴手禮。）
  A：他に、　何か　もらいましたか。（其他還有拿了什麼東西嗎？）
  B：いいえ、　それだけです。（沒有，只有那個東西。）

1. 親　　　　　　に／から　　お金　　　　　　を　もらいました。
   同僚　　　　　　　　　　　旅行の　お土産
   親戚の　おばさん　　　　　遺産

2. 国　から　お金を　もらいました。
   銀行　　　　　　　借りました

1. 例：誕生日に　何を　もらいましたか。（新しい　スマホ）

   → 新しい　スマホを　もらいました。
   ① 今日の　授業で　何を　習いましたか。（漢字の　書き方と　読み方）
   ② 銀行から　いくら　借りましたか。（1,000万円）
   ③ どこで　日本語を　習いましたか。（ヒマミ日本語学校）

2. 例：その　花・もらいました（彼氏）

   → A：その　花は　誰に　もらいましたか。
   　　B：彼氏に　もらいました。
   ① その　辞書・借りました（田中先生）
   ② フランス語・習いました（ルイさん）
   ③ この　こと・聞きました（渡辺社長）

（鈴木和小陳談論星期天去登山事宜）

鈴木：陳さん、　今度の　日曜日に　みんなで　一緒に
　　　高尾山に　登りませんか。

陳　：いいですね。　どう　行きますか。

鈴木：電車で　行きましょう。　新宿駅から　京王線に
　　　乗ります。　そして　高尾山口駅で　降ります。
　　　日曜日の　朝、　9時半に　高尾山口駅で
　　　会いましょう。

（到站後，鈴木打電話給小陳）

鈴木：陳さん、　どうしましたか。　みんな　もう　駅に
　　　着きましたよ。

陳　：ごめんなさい。　今、　電車を　降りました。
　　　みんなは　どこですか。　改札口を　出ましたか。

鈴木：改札口を　出ました。　改札口の　そばに
　　　観光案内所が　あります。
　　　そこの　人に　地図を　もらいますから、　そこで
　　　会いましょう。

高尾山口駅

（鈴木和小陳談論星期天去登山事宜）

鈴木：小陳，這星期天要不要大家一起去高尾山爬山呢？

陳　：好耶。要怎麼去呢？

鈴木：搭電車去吧。從新宿車站搭京王線。然後在高尾山口車站下車。
　　　星期天早上9點半，在高尾山口車站見面囉。

（到站後，鈴木打電話給小陳）

鈴木：小陳，怎麼了呢（怎麼還沒到）？大家都到車站了喔。

陳　：抱歉。現在下車了。大家在哪裡呢？出站了嗎？

鈴木：出站了。在檢票口的旁邊有觀光導覽處。我要去向那裡的人要地圖，
　　　在那裡見吧。

填空題 ･･･

1. 公園へ　散歩（　　　）　行きます。

2. 一緒に　公園（　　　）　散歩しましょう。

3. 電車（　　　）　新宿へ　行きました。

4. 私は　東京まで　飛行機（　　　）　乗りました。

5. みんな（　　　）　映画を　見に　行きませんか。

6. 王さんは　彼女（　　　）　花（　　　）　あげました。

7. 社長は　銀行（　　　）　お金（　　　）　借りました。

8. 会社（　　　）　同僚（　　　）　そのこと（　　　）　聞きました。

選擇題 ･･･

1. 恋人（　）　手紙（　）　書きました。

　　1　と／に　　　　2　に／を　　　　3　へ／に　　　　4　の／に

2. A：その　かばん、　どこで　買いましたか。　B：これは　彼氏に　（　　　）。

　　1　買いました　　　　　　　　　　　2　貸しました

　　3　もらいました　　　　　　　　　　4　あげました

3. 昨日、　学校（　）　先生（　）　その　話（　）　聞きました。

　　1　に／で／を　　　　　　　　　　　2　から／に／を

　　3　で／から／を　　　　　　　　　　4　で／を／に

4. 明日、 友達と 公園 （ ） 花 （ ） 見 （ ） 行きます。

　 1　で／に／を　　　　　　　　 2　を／へ／に

　 3　へ／を／に　　　　　　　　 4　を／を／に

5. 私は 毎日、 ８時ごろに 家 （ ） 出ます。

　 1　を　　　　　 2　で　　　　　 3　が　　　　　 4　に

6. (承上題) そして、 夜 ６時に 家 （ ） 帰ります。

　 1　を　　　　　 2　で　　　　　 3　が　　　　　 4　に

翻譯題 . . . .

1. 彼女に お金を 借りました。

2. あの 喫茶店に 入りましょう。

3. 国を 出ました。 それから、 日本に 来ました。

4. 我每天打電話給女朋友。

5. 飛機飛越天空。

6. 我從鈴木那裡得到一本書。

Memo

15

ハワイへ　行[い]きたいです。

① ～たいです。

② ～ながら、～

③ ～から、～

④ ～が、～

やります（動）	做、搞	画面（名 /0 或 1）	螢幕畫面
歌います（動）	唱歌	品質（名 /0）	品質
通います（動）	定期往返某處	値段（名 /0）	價格
浴びます（動）	淋、浴	経済（名 /1）	經濟
学びます（動）	學習 <學問、知識>	資料（名 /1）	資料
暮らします（動）	生活、過日子	作文（名 /0）	作文
頑張ります（動）	堅持、努力	歌（名 /2）	歌曲
調べます（動）	調查	字（名 /1）	文字
答えます（動）	回答	クルーズ船（名 /0）	遊輪
		シャワー（名 /1）	淋浴
掃除します（動）	清掃	アイスクリーム（名 /5）	冰淇淋
説明します（動）	說明		
復習します（動）	複習		
失敗します（動）	失敗	祭り（名 /0）	祭典
デートします（動）	約會	期末テスト（名 /4）	期末考試
おしゃべり（サ /2）	聊天、說話	コンサート（名 /1）	演奏會、音樂會

薄い（イ /0） <small>うす</small>	薄的、淡的
寂しい（イ /3） <small>さび</small>	寂寞、孤單
大事（ナ /0） <small>だい じ</small>	重要的
苦手（ナ /0） <small>わか て</small>	不擅長
新鮮（ナ /0） <small>しんせん</small>	新鮮
真面目（ナ /0） <small>まじめ</small>	認真的
いっぱい（副 /0）	很多、很滿
ゆっくり（副 /3）	慢慢地、充裕
それでは（接 /3）	那麼
また（副 /2）	再、又
必ず（副 /0） <small>かなら</small>	一定、必然
〜屋（接尾） <small>や</small>	店、商家
自分で <small>じ ぶん</small>	自己來做 ...

※真實地名：	
原宿（名 /0） <small>はらじゅく</small>	原宿
札幌（名 /0） <small>さっぽろ</small>	札幌
明治神宮（名 /4 或 6） <small>めい じ じんぐう</small>	明治神宮
代々木公園（名 /4） <small>よ よ ぎ こうえん</small>	代代木公園

～たいです。

　　「初級1」第6課的「句型1」曾經學到，若要表達第一人稱「想要某物品」，只要使用「私^{わたし}は　～が　欲^ほしいです」的表達方式即可。本句型則是學習表達第一人稱「想要做某行為／動作」的講法。

　　只要將動詞語尾的「～ます」去掉，改為「～たいです」即可表達第一人稱想要做的行為。否定形式為「～たくないです」。若動詞之動作的對象使用助詞「～を」，則亦可將「～を」替換為「～が」。其他助詞不可改為「～が」。

例 句

・（私^{わたし}は）　ハワイへ　行^いきたいです。（我想去夏威夷。）

・ハワイで　美味^{おい}しい　食^たべ物^{もの}を／が　食^たべたいです。（我想在夏威夷吃好吃的食物。）

・ハワイの　お土産^{みやげ}を　いっぱい　買^かいたいです。（我想買很多夏威夷的紀念品。）

・（私^{わたし}は）　日本語^{にほんご}を　勉強^{べんきょう}したくないです。（我不想學／唸日文。）

・今日^{きょう}は　何^{なに}も　したくないです。（今天我什麼都不想做。）

・今日^{きょう}は　誰^{だれ}にも　会^あいたくないです。（今天我不想見任何人。）

1. （私は）　　いい　会社に　入り　　たいです。
　　　　　　　海外で　暮らし
　　　　　　　トイレに　行き
　　　　　　　彼女と　別れ
　　　　　　　新宿へ　遊びに　行き

2. もう　日本で　働き　　　　　　　　たくないです。
　　　　あなたに　会い
　　　　彼女の　顔を　見
　　　　コンビニの　お弁当を　食べ
　　　　あの先生から　日本語を　習い

1. 例：何を　食べますか。（日本料理）
　　→　A：何を　食べたいですか。
　　　　B：日本料理を　食べたいです。
　① 誰と　デートしますか。（小林さん）
　② 日本では　何を　学びますか。（経済）
　③ ハワイへは　どう　行きますか。（クルーズ船）
　④ どんな　タブレットを　買いますか。（画面が大きくて、薄いタブレット）
　⑤ 何か　食べますか。（いいえ、　何も）
　⑥ 明日、　どこかへ　行きますか。（いいえ、　どこへも）

句型二

〜ながら、〜

　　「〜ながら」用於將 A、B 兩個句子，串聯成一個句子。使用「A ながら、B」的形式，表達此人在做 B 這件事情（動作）的時候，同時做 A 這件事情（動作）。B 為主要動作。接續時，僅需將 A 句動詞的「〜ます」改為「〜ながら」即可。

例句

・テレビを　見ながら、　ご飯を　食べます。（一邊看電視一邊吃飯。）

・コーヒーを　飲みながら、　小説を　読みます。（一邊喝咖啡一邊讀小說。）

・音楽を　聞きながら、　掃除を　します。（一邊聽著音樂一邊掃地。）

・辞書で　調べながら、　日本語で　手紙を　書きました。
（邊查字典邊用日文寫信。）

・歩きながら、　話しましょう。
（我們邊走邊聊。）

1. 歌を　歌い　　　　ながら、　シャワーを　浴び　　　　ます。
   タブレットを　見　　　　　　　料理を　作り
   教科書を　見　　　　　　　　　先生の　説明を　聞き

1. 例：スマホを　見ます・運転します
   →　スマホを　見ながら、　運転します。
   ① アイスクリームを　食べます・歩きます
   ② お茶を　飲みます・新聞を　読みます
   ③ 話します・仕事を　します

2. 例：お酒を　飲みます・友達と　おしゃべりを　します
   ›　お酒を　飲みながら、　友達と　おしゃべりを　したいです。
   ① 音楽を　聞きます・勉強します
   ② 働きます・大学に　通います
   ③ 新聞を　読みながら・朝ごはんを　食べます

句型三

～から、～

　　「初級 2」第 11 課的「句型 2」，曾稍微提及「～から」前接動詞句的用法。本句型則是完整學習「～から」的用法。前方除了接續「動詞句」以外，亦可接「名詞句」與「形容詞句」。

　　以「A から、B」的形式，表達 A 句為 B 句的原因・理由。亦可使用「A から…。」省略掉 B 的形式，或者是「B。A から…」的倒裝形式表達。

　　本句型亦可改為接續詞「ですから」的表達方式。以「A 句。ですから、B 句」的型態表達。

例　句

・疲れましたから、　もう　寝ます。（我累了。要去睡了。）

・今日は　日曜日ですから、　家で　ゆっくり　休みたいです。
（今天是星期天，所以我想好好在家休息。）

・あの　店の　ケーキは　美味しいですから、　いっぱい　買いました。
（那間店的蛋糕很好吃，所以我買一堆。）

・A：中村さん、　一緒に　飲みに　行きませんか。
　　（中村先生，要不要一起去喝一杯呢？）

　B：すみません、　今日は　妻と　買い物に　行きますから…。
　　（不好意思，今天我要和老婆去買東西。）

1. 今日は　　会社を　休みたい　　　です。　　疲れましたから…。
　　　　　　　買い物に　行きたくない
　　　　　　　何も　　したくない

2. 私は　お金が　ありません　　　から、　働き　　　ながら　大学で　勉強します。
　　昼ご飯は　まだです　　　　　　　　　仕事を　し　　　　食べます。
　　彼は　日本語が　わかりません　　　　漢字を　書き　　　説明しました。

1. 例：私は　仕事が　あります。
　　　　　ですから、　今日、　友達と　新宿へ　行きませんでした。
　　→　私は　仕事が　ありますから、　今日は　友達と　新宿へ
　　　　行きませんでした。

　① ジャックさんは　日本語が　よく　わかりません。
　　　ですから、　英語で　話しました。
　② 札幌の　ラーメンが　食べたいです。
　　　ですから、　飛行機で　食べに　行きます。
　③ 今日は　息子の　誕生日です。
　　　ですから、　早く　うちへ　帰りたいです。
　④ 私は　お金が　たくさん　あります。
　　　ですから、　好きな　仕事しか　しません。

句型四

～が、～

　　「初級 1」第 5 課的「句型 4」，曾稍微提及「～が」前接形容詞句的用法。本句型則是完整學習表逆接的接續助詞「～が」與相近語意的接續詞「しかし」、「でも」的用法。前方除了使用「形容詞句」以外，亦可接「動詞句」與「名詞句」。

　　以「Ａが、Ｂ」的形式，表達雖然狀況為 Ａ，但卻產生／做了 Ｂ 這樣，與Ａ狀況相反或相對立的結果（逆接）。

例 句

・頑張りましたが、　失敗しました。（我努力了，但失敗了。）

・あの先生は　有名ですが、　授業は　面白くないです。

　（那個老師雖然有名，但上課很無趣。）

・昨日は　寒かったですが、　今日は　暖かいです。（雖然昨天很冷，但今天很暖和。）

・札幌の　ラーメンが　食べたかったですから、　飛行機で　札幌へ

　行きましたが、　好きな　ラーメン屋は　休みでした。

　（因為我想吃札幌的拉麵，所以搭了飛機去札幌，但我喜歡的拉麵店今天休息。）

・あの　果物屋さんの　果物は　新鮮で　安いです。（○しかし／○でも）、

　家から　遠いですから、　私は　いつも　近くの　コンビニで　買います。

　（那間水果行的水果既新鮮又便宜。但是因為離家很遠，所以我總是在家裡附近的便利商店購買。）

1. 東京は　とても　便利です。　　しかし／でも、　家賃が　高いです。
　　この　店の　物は　安いです。　　　　　　　　　　　品質が　悪いです。
　　お姉さんは　真面目です。　　　　　　　　　　　　　妹は　勉強が　嫌いです。

1. 例：この　ケーキは　美味しいです。　でも、　高いです。
　　　→　この　ケーキは　美味しいですが、　高いです。
　　① 日本語を　1年　勉強しました。　でも、　漢字が　全然　わかりません。
　　② 友達の　家へ　行きました。　しかし、　誰も　いませんでした。
　　③ 新しい　スマホが　欲しいです。　でも、　お金が　ありません。

2. 例：a. タクシーで　行きたいです。
　　　　b. お金が　ありません。
　　　　c. 歩いて　行きました。
　　　　a+b+c ＝タクシーで　行きたいですが、
　　　　　　　　　お金が　ありませんから、　歩いて　行きました。
　　① a. ここの　果物は　美味しいです。
　　　　b. 値段が　高いです。
　　　　c. 少ししか　買いませんでした。
　　② a. 自分で　ご飯を　作りました。
　　　　b. 美味しく　なかったです。
　　　　c. 食べませんでした。

本文

（老師針對明天的考試說明）

明日は　期末テストです。　今回の　テストは　作文ですから、辞書を　見ながら　答えます。　とても　大事な　テストですから、　今晩は　必ず　漢字の　復習を　しましょう。

それでは、　授業を　終わります。　皆さん、　さようなら。また　明日。

（下課後小陳和同學史密斯談天）

陳　：今日、　代々木公園で　コンサートが　あります。
　　　それから、　隣の　明治神宮では　お祭りが　あります。
　　　一緒に　原宿へ　遊びに　行きませんか。
ルイ：一緒に　行きたいですが、　明日は　試験ですから、
　　　今日は　家で　勉強します。
陳　：試験は　作文だけですよ。　簡単ですよ。
ルイ：でも、　私は　漢字が　苦手ですから、
　　　勉強は　大変です。
陳　：そうですか、　わかりました。　1人で　行きます。
　　　また　今度　一緒に　行きましょう。

　　明天是期末考試。這次的考試是作文，所以是一邊看字典，一邊作答。因為是很重要的考試，所以今天晚上一定要複習漢字喔。

　　那麼，下課。各位再見，明天見。

陳　：今天代代木公園有演唱會。然後，旁邊的明治神宮有祭典。
　　　要不要一起去原宿玩呢？

路易：我想一起去，但明天考試，所以我今天要在家讀書。

陳　：考試只有作文，很簡單啊。

路易：可是，我漢字不太會，讀起來很辛苦。

陳　：是啊，好吧。我一個人去。下次再一起去吧。

填空題

1. あの　店の　お寿司（　　　）　食べたいです。

2. 家族（　　　）　会いたいです。

3. 寂しいです（　　　）、　恋人（　　　）　欲しいです。

4. 台北は　便利です（　　　）、　物価が　高いです。

5. 資料を　見（　　　）、　社長の　話を　聞きます。

6. 隣の　公園（　　　）　お祭りが　ありますよ。

7. 隣の　公園（　　　）　犬や　猫などの　動物が　います。

8. デパートへ　行きました。（　　　）　何も　買いませんでした。

選擇題

1. 父は　毎朝、　コーヒーを　飲み（　）、　新聞を　読みます。

　　1　ますが　　　　　2　ますから　　　　3　ながら　　　　　4　たいから

2. この　アパートは　広いです。　（　）、　駅に　近いです。

　　1　そして　　　　　2　それから　　　　3　しかし　　　　　4　でも

3. 遊びに　行きたいです（　）、　明日は　テストです（　）、　行きません。

　　1　から／が　　　　　　　　　　　2　そして／でも

　　3　しかし／が　　　　　　　　　　4　が／から

4. A：一緒に　ヨーロッパへ　遊びに　行きませんか。

B：行きたいです（　）、　お金が　ありません。

1　でも　　　　　　　2　が　　　　　　　3　しかし　　　　　4　から

5. A：一緒に　ヨーロッパへ　遊びに　行きませんか。

B：（　）、　私は　お金が　ありません。

1　でも　　　　　　　2　が　　　　　　　3　ですから　　　　4　それでは

6. コーヒー（　）　たくさん　飲みたいです。

1　が　　　　　　　2　を　　　　　　　3　へ　　　　　　　4　に

翻譯題

1. 彼女と　2人で　ハワイへ　行きたいです。

2. ハワイの　ホテルで　海を　見ながら、　美味しい　料理を　食べたいです。

3. お金が　ありませんが、　彼女と　ハワイで　結婚したいです。

4. 我每天都一邊聽音樂一邊寫作業。

5. 我想回台灣見父母（雙親）。

6. 因為我累了，所以我要在房間睡覺。

16

趣味は　写真を　撮る　ことです。
しゅみ　　しゃしん　　と

① 動詞分類

② 如何更改為動詞原形

③ 〜前に、〜
　　まえ

④ 動詞原形＋こと

着_きます（動）	穿		財産_{ざいさん}（名 /1）	財産

着_きます（動）　穿

取_とります（動）　拿取、取得

使_{つか}います（動）　使用

洗_{あら}います（動）　清洗

選_{えら}びます（動）　選擇

死_しにます（動）　死亡

手伝_{てつだ}います（動）　幫忙

始_{はじ}めます（動）　開始做

出掛_{でか}けます（動）　出門

フォローします（動）　社群上追蹤

住民票_{じゅうみんひょう}（名 /0）　住民票

運転免許証_{うんてんめんきょしょう}（名 /7）　駕照

お腹_{なか}（名 /0）　肚子

席_{せき}（名 /1）　座位

体育館_{たいいくかん}（名 /4）　體育館

財産_{ざいさん}（名 /1）　財産

着物_{きもの}（名 /0）　衣服、和服

AI_{エーアイ}（名 /3）　人工智慧

コロナ（名 /1）　泛指武漢肺炎疫情

ショッピング（名 /1）　購物

Facebook_{フェイスブック}（名 /4）　臉書 FB

Twitter_{ツイッター}（名 /0）　推特

YouTube_{ユーチューブ}（名 /3）　YouTube 影音平台

インスタ（名 /0）　IG、Instagram

インスタ映_ばえ（名 /0）　IG 美照

インフルエンサー（名 /5）　網路名人

ユーザーネーム（名 /5）　帳號、用戶名

掃除_{そうじ}ロボット（名 /4）　掃地機器人

いろんな （連体 /0）　　　各式各樣的

**フォローして
ください。**　　　請追蹤我

動詞分類

本課開始，將學習動詞的各種形態變化。學習動詞變化之前，必須先學會辨別動詞的種類，才有辦法依照其種類來做動詞變化（活用）。

不同於日本字典的用語，現今針對外國人的日語教育將動詞種類簡化為三類：「一類動詞、二類動詞、三類動詞」。分類方式如下：

字典上的稱呼	針對外國人的日語教育	動詞例
五段動詞	グループⅠ／一類動詞	書きます、読みます、話します …
上一段動詞	グループⅡ／二類動詞	見ます、起きます … （※ 這些是例外）
下一段動詞		寝ます、食べます …
カ行變格動詞	グループⅢ／三類動詞	来ます
サ行變格動詞		します、運動します、食事します

Ⅰ、一類動詞：動詞結尾為（～ i ます）者

　　例：買います、行きます、聞きます、消します、待ちます、取ります、飲みます、読みます…等。

Ⅱ、二類動詞：動詞結尾為（～ e ます）者。

　　例：寝ます、食べます、あげます、教えます…等。

Ⅲ、三類動詞：僅「来ます」、「します」、以及「名詞＋します」者

　　例：来ます、します、勉強します、留学します、コピーします…等。

上述判斷規則有少許例外，如下：

※ 規則判斷為一類動詞，但實際上卻是二類動詞者：

　　例：います、着ます、見ます、起きます、できます、下ります（降ります）、借ります、浴びます。

請於動詞括弧後方填入動詞的分類

例：　来ます（3）　　行きます（1）　　　あげます（2）

01. 渡ります（　　）　　歩きます（　　）　　下ります（　　）

02. コピーします（　　）　結婚します（　　）　入ります（　　）

03. 乗ります（　　）　　予約します（　　）　疲れます（　　）

04. 飲みます（　　）　　見ます（　　　）　　話します（　　）

05. もらいます（　　）　読みます（　　）　　書きます（　　）

06. 遊びます（　　）　　支払います（　　）　留学します（　　）

07. 勉強します（　　）　寝ます（　　）　　　できます（　　）

08. 別れます（　　）　　働きます（　　）　　休みます（　　）

09. 起きます（　　）　　始まります（　　）　運転します（　　）

10. 終わります（　　）　帰ります（　　）　　食べます（　　）

11. 貸します（　　）　　借ります（　　）　　喫煙します（　　）

12. 教えます（　　）　　聞きます（　　）　　旅行します（　　）

13. 買います（　　）　　習います（　　）　　飛びます（　　）

14. 登ります（　　）　　座ります（　　）　　着きます（　　）

15. 泳ぎます（　　）　　出ます（　　　）　　降ります（　　）

16. 会います（　　）　　あります（　　）　　撮ります（　　）

17. います（　　　）　　吸います（　　）　　わかります（　　）

18. やります（　　）　　浴びます（　　）　　頑張ります（　　）

19. デートします（　　）歌います（　　）　　調べます（　　）

20. 答えます（　　）　　掃除します（　　）　通います（　　）

如何更改為動詞原形

　　學會辨別動詞的種類後，接下來，要學習如何將不同種類的動詞，分別改為動詞原形。「動詞原形」即是常體日文中的「現在肯定」。

Ⅰ、若動詞為**一類**動詞，由於動詞ます形去掉ます後，語幹一定是以（〜i）段音結尾，因此僅需將（〜i）段音改為（〜u）段音即可。

行（い）き（　ik i）~ます~ →行（い）く（　ik u）
飲（の）み（　nom i）~ます~ →飲（の）む（　nom u）
帰（かえ）り（kaer i）~ます~ →帰（かえ）る（kaer u）
買（か）い（　ka i）~ます~ →買（か）う（　ka u）
会（あ）い（　　a i）~ます~ →会（あ）う（　　a u）

Ⅱ、若動詞為**二類**動詞，則將動詞ます形的語尾〜ます去掉，再替換為〜る。

寝（ね）ます（　　ne ます）　→寝（ね）~ます~＋る
食（た）べます（tabe ます）　→食（た）べ~ます~＋る
起（お）きます（　oki ます）　→起（お）き~ます~＋る

Ⅲ、若動詞為**三類**動詞，由於僅兩字，因此只需死背替換。

来（き）ます　　　→　来（く）る
します　　　→　する
運動（うんどう）します　→　運動（うんどう）する

練習 B

請依照「句型 1」所做的分類，將其改為動詞原型

例：　　来ます（来る）　　　　行きます（行く）　　　　あげます（あげる）

01. 渡ります　（　　）	歩きます　（　　）	下ります　（　　）
02. コピーします（　　）	結婚します（　　）	入ります　（　　）
03. 乗ります　（　　）	予約します（　　）	疲れます　（　　）
04. 飲みます　（　　）	見ます　（　　）	話します　（　　）
05. もらいます（　　）	読みます　（　　）	書きます　（　　）
06. 遊びます　（　　）	支払います（　　）	留学します（　　）
07. 勉強します（　　）	寝ます　（　　）	できます　（　　）
08. 別れます　（　　）	働きます　（　　）	休みます　（　　）
09. 起きます　（　　）	始まります（　　）	運転します（　　）
10. 終わります（　　）	帰ります　（　　）	食べます　（　　）
11. 貸します　（　　）	借ります　（　　）	喫煙します（　　）
12. 教えます　（　　）	聞きます　（　　）	旅行します（　　）
13. 買います　（　　）	習います　（　　）	飛びます　（　　）
14. 登ります　（　　）	座ります　（　　）	着きます　（　　）
15. 泳ぎます　（　　）	出ます　（　　）	降ります　（　　）
16. 会います　（　　）	あります　（　　）	撮ります　（　　）
17. います　（　　）	吸います　（　　）	わかります（　　）
18. やります　（　　）	浴びます　（　　）	頑張ります（　　）
19. デートします（　　）	歌います　（　　）	調べます　（　　）
20. 答えます　（　　）	掃除します（　　）	通います　（　　）

〜前^{まえ}に、〜

　　「句型 2」所學習到的「動詞原形」，除了用於表達常體的「現在肯定」之外，日文中有許多句型，其前方必須接續「動詞原形」。本項文法「〜前に」（做…之前，先做），前方就必須使用動詞原形。前接名詞時，則以「名詞＋の前^{まえ}に」；若前接一段時間時，直接「期間＋前^{まえ}に」即可。

例句

・会社^{かいしゃ}へ　行^いきます。
　会社^{かいしゃ}へ　行^いく　前^{まえ}に、　コーヒーを　飲^のみます。（去公司之前，喝咖啡。）

・寝^ねます。
　寝^ねる　前^{まえ}に、　薬^{くすり}を　飲^のみます。（睡覺前吃藥。）

・家^{いえ}へ　来ます。
　家^{いえ}へ　来^くる　前^{まえ}に、　電話^{でんわ}を　ください。（來我家之前，請先給我＜打個＞電話。）

・お正月^{しょうがつ}の　前^{まえ}に、　部屋^{へや}を　掃除^{そうじ}します。（新年前，打掃房間。）

・山本^{やまもと}さんは　5年前^{ねんまえ}に　結婚^{けっこん}しました。（山本小姐五年前結婚了。）

・日本^{にほん}に　行^いく　前^{まえ}に　日本語^{にほんご}を　勉強^{べんきょう}しましたから、　日本語^{にほんご}が　わかります。
（去日本之前學了日文，所以懂日文。）

1. 家を　買う　前に、　　親に　お金を　借りました。
　　食べる　　　　　　　手を　洗いましょう。
　　出掛ける　　　　　　シャワーを　浴びたいです。
　　彼が　来る　　　　　部屋の　掃除を　します。

1. 例：薬を　飲みます（ご飯を　食べます）
　　→　Ａ：薬は　いつ　飲みますか。
　　　　Ｂ：ご飯を　食べる　前に　飲みます。
　　① 運転免許証を　取りました（今の　会社に　入ります）
　　② 東京へ　来ました（2週間）
　　③ この　マンションを　買いました（コロナ）
　　④ 実家へ　帰ります（父の　誕生日）
　　⑤ 彼と　別れました（日本に　留学に　行きます）
　　⑥ 彼女の　ご両親に　会います（結婚します）

2. 例：ここに　来ます・昼ご飯を　食べました・今は　お腹が　いっぱいです。
　　→　ここに　来る　前に　昼ご飯を　食べましたから、
　　　　今は　お腹が　いっぱいです。
　　① 寝ます・お酒を　たくさん　飲みました・今は　頭が　痛いです。
　　② 別れます・彼に　100万　貸しました・今は　お金が　ありません。

動詞原形＋こと

　　第13課「句型1」與「句型2」分別學習了「〜は　〜が　できます」表「能力」與「狀況可能」的講法。本項文法則是要學習，若能力或可能的對象「〜が」為動詞，則必須使用動詞原形，並於後方加上「こと」。

　　此外，講述自己興趣時，若為動詞，也必須使用動詞原形，並於後方加上「こと」。

例句

・私は　┃日本語┃　が　できます。（我會日語。）
　私は　┃日本語を　話す　こと┃が　できます。（我會說日語。）

・コンビニで　┃コピー┃　が　できます。（在便利商店可以影印。）
　コンビニで　┃住民票を　取る　こと┃が　できます。（在便利商店可以取得住民票。）

・鈴木さんは　┃車の　運転┃　が　できます。（鈴木先生會開車。）
　　　　　　　┃車を　運転する　こと┃が　できます。（鈴木先生會開車。）

・ネットで　レストランを　予約する　ことが　できます。
　ネットで　席を　選ぶ　ことが　できません。
→ネットで　レストランを　予約する　ことは　できますが、
　席を　選ぶ　ことは　できません。（網路上可以預約餐廳，但不能選擇座位。）

・私の　趣味は、　Twitterで　いろんな　人を　フォローする　ことです。
　（我的興趣是在推特上追蹤各式各樣的人。）

64

1. 私の　趣味は　[YouTube の　動画を　見る][インスタ映えの　写真を　撮る][Facebook で　友達を　作る]　ことです。

1. 例：旅行

   → A：趣味は　何ですか。　B：旅行です。

   例：音楽を　聞きます。

   → A：趣味は　何ですか。　B：音楽を　聞く　ことです。

   ① 歌を　歌います。

   ② 買い物

   ③ 犬と　遊びます。

   ④ スポーツ

2. 例：タブレットで　どんな　ことが　できますか。（本を　読みます）

   → 本を　読む　ことが　できます。

   例：スマホで　どんな　ことが　できますか。（株の　売買）

   → 株の　売買が　できます。

   ① 学校の　体育館で　どんな　ことが　できますか。（泳ぎます）

   ② この　アプリで　どんな　ことが　できますか。（切符の　予約）

   ③ AI は　どんな　ことが　できますか。（仕事を　手伝います）

   ④ 掃除ロボットは　どんな　ことが　できますか。（掃除）

林 ：ルイさん、　趣味は　何ですか。

ルイ：写真を　撮ることです。

林 ：そうですか。　ルイさんは　インスタを　使う

　　　ことが　できますか。

ルイ：ええ。　日本に　来る　前に、　インスタの

　　　インフルエンサーでしたから、　写真を　いっぱい

　　　インスタに　上げました。

林 ：そうでしたか。　すごいですね。　どんな　写真を

　　　撮りましたか。

ルイ：新しい　服や　かばんの　写真です。

林 ：私も　ルイさんの　写真が　見たいです。

ルイ：いいですよ。　インスタの　ユーザーネームを

　　　教えますから、　フォローして　ください。

66

林　　：路易，你的興趣是什麼。

路易：照照片。

林　　：是喔。路易你會用 IG 嗎？

路易：會啊。我來日本之前，是 IG 上的網紅，所以上傳了一堆照片到 IG 上。

林　　：原來是這樣啊。好厲害喔。你照了什麼照片呢？

路易：新衣服跟包包的照片之類的。

林　　：我也想看路易的照片。

路易：好啊。我告訴你我的 IG 帳號，來追蹤我喔。

填空題 ．．

1. 家へ 帰る 前（　　　）、 コンビニへ 行きます。

2. お盆（　　　） 前（　　　）、 実家へ 帰ります。

3. 1時間（　　　） 前（　　　）、 晩ご飯を 食べました。

4. 王さんは 英語（　　　） 話す こと（　　　） できます。

5. 王さんは 英語（　　　） できます。

6. スマホで 新幹線（　　　） 予約（　　　） できます。

7. スマホで 新幹線（　　　） 予約する こと（　　　） できます。

8. 中国語を 話すこと（　　　） できますが、

   書くこと（　　　） できません。

選択題 ．．

1. シャワーを （　）前に、 顔を 洗います。
   1 浴びます　　　2 浴ぶ　　　　　3 浴びる　　　　4 浴ぶる

2. 父さん、 （　）前に、 財産を 全部 ください。
   1 死ぬる　　　　2 死にる　　　　3 死ぬ　　　　　4 死なない

3. 次の 仕事を （　）前に、 10分ぐらい （　）たいです。
   1 始める／休む　　　　　　　　2 始め／休み
   3 始め／休む　　　　　　　　　4 始める／休み

4. 父（　）仕事から　帰る　前に、　部屋を　片付けます。
　　1　が　　　　　　2　に　　　　　　3　は　　　　　　4　を

5. スマホで　（　）　ことが　できますか。
　　1　支払います　　2　支払う　　　　3　支払い　　　　4　支払

6. 彼の　趣味は　映画を　（　）。
　　1　見る　ことが　できます　　　　　2　見る　ことです
　　3　見ます　　　　　　　　　　　　　4　見に　行きます

翻譯題

1. 彼の　趣味は　車を　運転する　ことです。

2. 1人で　着物を　着る　ことが　できますか。

3. 寝る　前に、　静かな　音楽を　聞きながら　本を　読みます。

4. 吃飯前先吃藥。

5. 用這個 APP 可以看到最新的電視劇（ドラマ）。

6. 我的興趣就是照小狗與小貓之類動物的照片（犬や猫などの動物）。

17

廊下を 走らないで ください。
ろうか   はし

1 如何更改為動詞ない形

2 ～ないで ください

3 ～なければ なりません

4 ～なくても いいです

笑います（動）	笑	更新します（動）	換證、更新
脱ぎます（動）	脱	連絡します（動）	聯絡
稼ぎます（動）	賺錢	早起きします（動）	早起
外します（動）	卸下、摘下	連れて　行きます（動）	帶…去
返します（動）	返還	載せます（動）	放上、上傳
出します（動）	拿出來	チップ（名/1）	小費
消します（動）	擦掉、清除	レポート（名/2）	報告
無くします（動）	遺失		
送ります（動）	寄送	危ない（イ/0）	危險的
走ります（動）	跑	恥ずかしい（イ/4）	害羞、丟臉的
見せます（動）	給人看	靴（名/2）	鞋子
止めます（動）	把…停	黒板（名/0）	黑板
忘れます（動）	忘記	書類（名/0）	文件
覚えます（動）	記得	ゴミ（名/2）	垃圾
片付けます（動）	整理乾淨	平仮名（名/3）	平假名

げつまつ 月末 (名/0)	月底	
きんきょう 近況 (名/0)	近況	
く やくしょ 区役所 (名/2)	區公所	
だいどころ 台所 (名/0)	廚房	
お ば ゴミ置き場 (名/3)	垃圾場	
ほ けんしょう 保険証 (名/0)	健保卡	
りゅうがく 留学ビザ (名/5)	留學簽證	
ざいりゅう 在留カード (名/5)	在留卡、 居留證	
にゅうこくしん さ かん 入国審査官 (名/7)	入境審查官員	
かん り にん 管理人 (名/0)	管理員	
しょうがっこう 小学校 (名/3)	小學	
らいがっ き 来学期 (名/3)	下個學期	
か じ 家事 (名/1)	家事	
ざいたくきん む 在宅勤務 (名/5)	居家辦公	

スイカ Suica (名/1)	Suica 交通卡	
までに (連/1)	之前	
い じょう 以上 (名/1)	以上	
だいじょう ぶ 大丈夫 (ナ/3)	沒問題	
わざわざ (副/1)	特意地	
きょう じゅう 今日中に	今天內必須…	
おそ 遅くまで	到很晚還…	

如何更改為動詞ない形

　　本句型學習如何將動詞「～ます形」改為動詞ない形。「動詞ない形」即是常體日文中的「現在否定」。

Ⅰ、若動詞為**一類**動詞，則將（～i）ます改為（～a）之後，再加上ない。但若ます的前方為「い」，則並不是改成「あ」，而是要改成「わ」。（※「あります」的ない形為「ない」。）

行き（ i k i ）~~ます~~ →行か（ i k a ）＋ない＝行かない
飲み（ n o m i ）~~ます~~ →飲ま（ n o m a ）＋ない＝飲まない
帰り（k a e r i）~~ます~~ →帰ら（k a e r a）＋ない＝帰らない
買い（ k a i ）~~ます~~ →買わ（ k a w a ）＋ない＝買わない
会い（ a i ）~~ます~~ →会わ（ a w a ）＋ない＝会わない
あり（ a r i ）~~ます~~ → 　　　　　　＝ない

Ⅱ、若動詞為**二類**動詞，則將動詞ます形的語尾～ます去掉，再替換為～ない。

寝ます 　　（n e ます）→寝~~ます~~＋ない
食べます（t a b e ます）→食べ~~ます~~＋ない
起きます 　（o k i ます）→起き~~ます~~＋ない

Ⅲ、若動詞為**三類**動詞，由於僅兩字，因此只需死背替換。

来る 　　→ 来ない
する 　　→ しない
運動する → 運動しない

請依照第 16 課「句型 1」所做的分類，將其改為動詞ない型

例： 来ます（来ない） 行きます（行かない） あげます（あげない）

01. 渡ります　　（　　　）歩きます　　（　　　）下ります　　（　　　）
02. コピーします（　　　）結婚します　（　　　）入ります　　（　　　）
03. 乗ります　　（　　　）予約します　（　　　）疲れます　　（　　　）
04. 飲みます　　（　　　）見ます　　　（　　　）話します　　（　　　）
05. もらいます　（　　　）読みます　　（　　　）書きます　　（　　　）
06. 遊びます　　（　　　）支払います　（　　　）留学します　（　　　）
07. 勉強します　（　　　）寝ます　　　（　　　）できます　　（　　　）
08. 別れます　　（　　　）働きます　　（　　　）休みます　　（　　　）
09. 起きます　　（　　　）始まります　（　　　）運転します　（　　　）
10. 終わります　（　　　）帰ります　　（　　　）食べます　　（　　　）
11. 貸します　　（　　　）借ります　　（　　　）喫煙します　（　　　）
12. 教えます　　（　　　）聞きます　　（　　　）旅行します　（　　　）
13. 買います　　（　　　）習います　　（　　　）飛びます　　（　　　）
14. 登ります　　（　　　）座ります　　（　　　）着きます　　（　　　）
15. 泳ぎます　　（　　　）出ます　　　（　　　）降ります　　（　　　）
16. 会います　　（　　　）あります　　（　　　）撮ります　　（　　　）
17. います　　　（　　　）吸います　　（　　　）わかります　（　　　）
18. やります　　（　　　）浴びます　　（　　　）頑張ります　（　　　）
19. デートします（　　　）歌います　　（　　　）調べます　　（　　　）
20. 答えます　　（　　　）掃除します　（　　　）通います　　（　　　）

～ないで　ください

　　「句型 1」當中所學習到的「動詞ない形」，除了用於表達常體的「現在否定」之外，日文中有許多句型，其前方必須接續「動詞ない形」。本項文法「～ないでください」（請不要），前方就必須使用動詞ない形。

例句

・廊下を　走り~~ます~~。
廊下を　走らないで　ください。（請不要在走道奔跑。）

・田村さんに　会い~~ます~~。
田村さんに　会わないで　ください。（請不要去見田村先生。）

・このこと~~を~~は　先生に　言い~~ます~~。
このこと~~を~~は　先生に　言わないで　ください。（這件事請不要跟老師說。）

・高いですから、　この店で　買わないで　ください。
（因為很貴，所以請不要在這間店買。）

・歩きながら、　食べないで　ください。（請不要邊走邊吃。）

・寝る　前に、　コーヒーを　飲まないで　ください。（睡前請別喝咖啡。）
→コーヒーは　寝る　前には　飲まないで　ください。
（咖啡＜這種東西＞在睡前＜這段時間＞不要喝。）

1. コロナですから、　旅行には　行か　ないで　ください。

会社には　来

実家へは　帰ら

家からは　出

人とは　会わ

マスク<del>を</del>は　外さ

1. 例：私の　部屋・入りません　→　私の　部屋に　入らないで　ください。

例：店の前・車・止めません　→　店の　前に　車を　止めないで　ください。

① 社長の　椅子・座りません

② 私・笑いません

③ ここ・タバコ・吸いません

④ クラスメート・テストの　答え・教えません

2. 例：疲れました・家に　来ません

→　疲れましたから、　家に　来ないで　ください。

① わかりました・もう　言いません

② もう　寝ます・私に　電話しません

③ あなたが　好きです・他の　人と　結婚しません

④ 恥ずかしいです・私の　写真を　インスタに　載せません

～なければ　なりません

　　此句型用於表達某一行為是「義務」、是「必須去做」的。意思是「非…不可。不…不行。必須…」。可用於「催促聽話者」去做、亦可用於「自身必須做」此行為、亦常用於「社會常識」上的一般論。

例句

・明日、　早起きしなければ　なりませんから、　早く　寝ましょう。
　　（明天必須要早起，所以趕快睡覺吧。）

・明日、　会議が　ありますから、　会社へ　行かなければ　なりません。
　　（明天因為有會議，所以得去公司。）

・日本に　勉強に　行く　前に、　留学ビザを　取らなければ　なりません。
　　（去日本留學之前，必須取得留學簽證。）

・お金を　稼がなければ　なりませんから、　働きながら　勉強したいです。
　　（因為我非賺錢不可，所以我想一邊工作一邊讀書。）

・パスポートを　見せなければ　なりません。（必須秀出＜給…看＞護照。）
　パスポートを　忘れないで　ください。（請不要忘記護照。）
→パスポートは　見せなければ　なりませんから、　忘れないで　ください。
　　（護照必須要給看，所以請不要忘記＜帶＞。）

1. 明日は
   働か
   勉強し
   学校へ　行か
   父の　仕事を　手伝わ
   なければ　なりません。

1. 例：ゴミ置き場に　ゴミを　出します。
   → ゴミは、　ゴミ置き場に　出さなければ　なりません。
   ① 図書館に　この　本を　返します。
   ② 入国審査官に　在留カードを　見せます。
   ③ 今日中に　会社に　この　書類を　送ります。

2. この　薬は　1日に　何回　飲みますか。（3回）
   → A：この　薬は　1日に　何回　飲まなければ　なりませんか。
   　　B：1日に　3回　飲まなければ　なりません。
   ① 病院へは　週に　何回　行きますか。（1回）
   ② ドイツでは　1日に　何回　犬を　散歩に　連れて　行きますか。
   　（2回以上）

3. 仕事を　します・大声を　出しません
   → 仕事を　しなければ　なりませんから、　大声を　出さないで　ください。
   ① 今日、　部屋を　片付けます・遅くまで　外で　遊びません
   ② この　本は　先生に　返します・無くしません

句型四

～なくても　いいです

此句型用於表達某一行為是「不必要、非必要」的。意思是「不⋯也可以／無妨／沒關係」。

例句

・日本の　ホテルでは　チップを　あげなくても　いいです。
（在日本的飯店，不給小費也可以。）

・今は　在宅勤務ですから、　会社へ　行かなくても　いいです。
（現在都居家辦公，所以不去公司也可以。）

・Suica で　電車に　乗りますから、　切符を　買わなくても　いいです。
（我用 Suica 卡搭車，所以不買票也可以。）

・Ａ：これも　コピーしなければ　なりませんか。（這個也得影印嗎？）

　Ｂ：いいえ、　これは　コピーしなくても　いいです。（不，這個不印也可以。）

・住民票は　コンビニで　取る　ことが　できますから、　わざわざ

区役所へ　行かなくても　いいです。
（住民票可以在便利商店取得，所以不用專程去區役所。）

1. A：名前を　　書きますか。　　B：名前は　　書かなくても　いいです。
   保険証　見せますか。　　　保険証　　見せ
   靴　　　脱ぎますか。　　　靴　　　脱が

1. 例：これは　返さなければ　なりませんか。

   →　いいえ、　返さなくても　いいです。

   ① 明日は　早く　起きなければ　なりませんか。

   ② マスクを　外さなければ　なりませんか。

   ③ アパートの　管理人に　在留カードを　見せなければ　なりませんか。

2. 例：結婚します・家事を　手伝いません

   →　結婚する　前に、　家事を　手伝わなくても　いいです。

   ① 会議が　始まります・資料を　読みません

   ② 旅行に　行きます・ホテルを　予約しません

   ③ 小学校に　入ります・平仮名を　覚えません

3. 例：アプリで　予約が　できます・駅へ　行きません

   →　アプリで　予約が　できますから、　わざわざ　駅へ　行かなくても

   　　いいです。

   ① ネットで　買い物が　できます・店へ　行きません

   ② Facebook で　友達の　近況が　わかります・会いません

   ③ YouTube で　その　歌手の　曲を　聞きます・CD を　買いません

81

（老師正在向學生講解關於暑假事宜。）

明日から　夏休みです。　皆さん、　どこかへ　遊びに　行きますか。　夏休み中に、　学校の　近くの　公園で　お祭りが　ありますよ。　いろんな　ことが　できますから、　楽しいですよ。

夏休み中に　宿題は　ありません。　勉強しなくても　いいです。　でも、　月末までに　皆さんの　在留カードを　更新しなければ　なりませんから、　それを　忘れないで　ください。

あっ、　それから、　学校の　後ろの　川で　泳がないで　くださいね。　危ないですから。

では、　また　来学期　会いましょう。　さようなら。

（放學後，小王和老師講話。）

王　：先生、　黒板を　消しましょうか。
先生：大丈夫です。　黒板は　私が　消しますから、
　　　今　消さなくても　いいですよ。

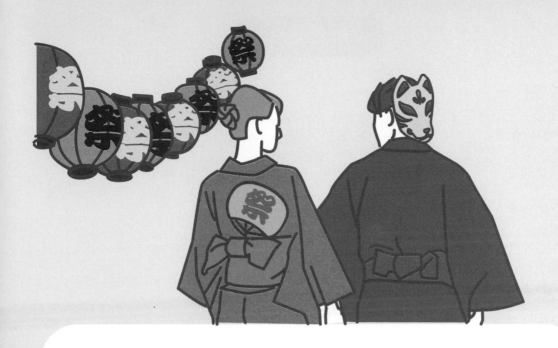

　　明天開始就是暑假了。各位有沒有要去哪裡玩呢？暑假期間，學校附近的公園有祭典喔。可以做各種事情（有各種活動），很有趣喔。

　　暑假期間沒有作業。不用讀書也可以。但是，月底之前各位的在留卡必須要更新，請不要忘記這件事。

　　對了，請不要在學校後面的河流游泳。因為很危險。

　那麼下學期間囉。

王　：老師，我幫您擦黑板吧。
老師：不用。黑板我來擦就好，現在不用擦喔。

填空題 . . . .

例：笑<small>わら</small>います：　　　（　　　笑<small>わら</small>う　　　）　→　（　　　笑<small>わら</small>わない　　　）

1. 見<small>み</small>せます：　　　（　　　　　　　）　　　（　　　　　　　　　）

2. 死<small>し</small>にます：　　　（　　　　　　　）　　　（　　　　　　　　　）

3. 外<small>はず</small>します：　　　（　　　　　　　）　　　（　　　　　　　　　）

4. 忘<small>わす</small>れます：　　　（　　　　　　　）　　　（　　　　　　　　　）

5. 手伝<small>てつだ</small>います：　　　（　　　　　　　）　　　（　　　　　　　　　）

6. 無<small>な</small>くします：　　　（　　　　　　　）　　　（　　　　　　　　　）

7. 更新<small>こうしん</small>します：　　　（　　　　　　　）　　　（　　　　　　　　　）

8. 連<small>つ</small>れて　行<small>い</small>きます：（　　　　　　　）　　　（　　　　　　　　　）

選擇題 . . . .

1. 私<small>わたし</small>の　物<small>もの</small>を　（　）ないで　ください。
　1　使<small>つか</small>う　　　　2　使<small>つか</small>い　　　　3　使<small>つか</small>あ　　　　4　使<small>つか</small>わ

2. 歩<small>ある</small>きながら　スマホを　（　）　ください。
　1　見<small>み</small>に　　　　2　見<small>み</small>　　　　3　見<small>み</small>ないで　　　　4　見<small>み</small>る

3. 料理<small>りょうり</small>は　私<small>わたし</small>が　（　）ますから、　台所<small>だいどころ</small>には　（　）ないで　ください。
　1　作<small>つく</small>る／入<small>はい</small>る　　　　　　　2　作<small>つく</small>り／入<small>はい</small>ら
　3　作<small>つく</small>る／入<small>はい</small>り　　　　　　　4　作<small>つく</small>り／入<small>はい</small>り

4. 今日は　口曜日ですから、　会社へ　（　）。
1　行かなくても　いいです　　　　　　2　行く　ことです
3　行かなければ　なりません　　　　　4　行く　ことが　できます

5. 父から　遺産を　1億円ぐらい　（　）、　働かなくても　いいです。
1　もらう　前に　　　　　　　　　　　2　もらいながら
3　もらいませんが　　　　　　　　　　4　もらいましたから

6. 今週の　金曜日（　）　レポートを　出さなければ　なりません。
1　まで　　　　　2　までに　　　　　3　前に　　　　　4　前は

翻譯題

1. 危ないですから、　歩きながら　スマホを　見ないで　ください。

2. 暇ですから、　この　仕事は　私が　やります。

3. LINE で　家族に　連絡する　ことが　できますから、　わざわざ　手紙を
書かなくても　いいです。

4. 請不要把答案給同學看。

5. 旅行可以不用取得簽證。

6. 搭電車之前必須買票。

18

作文を　書いて　ください。
<ruby>作<rt>さく</rt>文<rt>ぶん</rt></ruby>を　<ruby>書<rt>か</rt></ruby>いて　ください。

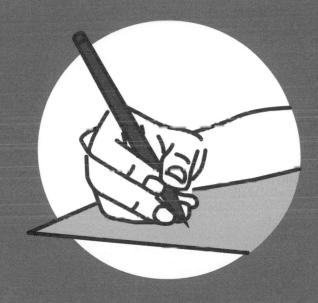

1 如何更改為動詞て形

2 ～て　ください

3 ～ては　いけません

4 ～ても　いいです

待ちます（動）	等待
呼びます（動）	叫、呼喚
空きます（動）	空、肚子餓
太ります（動）	變胖
騒ぎます（動）	喧鬧
開けます（動）	打開
閉めます（動）	關閉
つけます（動）	開（電器）
考えます（動）	思考
曲がります（動）	轉彎
用意します（動）	準備
キスします（動）	接吻、親吻
連れて　来ます（動）	帶...來
1人に　します（動）	放任獨自一人
静かに　します（動）	安靜、靜下來

邪魔（ナ/0）	妨礙、打擾
以外（名/1）	除...之外的
手（名/1）	手
卵（名/2或0）	蛋、雞蛋
悪口（名/2）	説人壞話
夜食（名/0）	宵夜
政治家（名/0）	政治人物
信号（名/0）	交通號誌
室内（名/2）	室內
職員室（名/3）	職員辦公室
未成年者（名/4）	未成年人士
テーマ（名/1）	主題
パチンコ（名/0）	柏青哥
エアコン（名/0）	空調、冷暖氣

イスラム教 （名 /0）	回教、伊斯蘭教
軍事施設 （名 /4）	軍事設施、 軍事機構
〜中 （接尾）	做 ... 的時候
今から	從現在開始做 ...

如何更改為動詞て形

本句型學習如何將動詞「～ます形」改為動詞て形。

Ⅰ、若動詞為**一類**動詞，則將ます去掉。語幹最後一個音依照下列規則「音便」後，再加上「て」即可。

① 促音便：	② 撥音便：	③ イ音便：
笑います →笑っ+て ＝笑って	死にます →死ん+で ＝死んで	書きます →書い+て ＝書いて
待ちます →待っ+て ＝待って	遊びます →遊ん+で ＝遊んで	急ぎます →急い+で ＝急いで
降ります →降っ+て ＝降って	飲みます →飲ん+で ＝飲んで	

④ 不需音便：消します →消し+て ＝消して	⑤ 例外：行きます →行っ+て ＝行って

Ⅱ、若動詞為**二類**動詞，則僅需將動詞ます形的語尾～ます去掉，
再替換為～て。

寝ます（　　　 neます）　→寝ます+て

食べます（tabeます）　→食べます+て

起きます（　okiます）　→起きます+て

Ⅲ、若動詞為**三類**動詞，由於僅兩字，因此只需死背替換。

来ます　　　→　来て

します　　　→　して

運動します　→　運動して

請依照第 16 課「句型 1」所做的分類，將其改為動詞て型

例： 来ます（来て） 行きます（行って） あげます（あげて）

01. 渡ります （　）	歩きます （　）	下ります （　）
02. コピーします （　）	結婚します （　）	入ります （　）
03. 乗ります （　）	予約します （　）	疲れます （　）
04. 飲みます （　）	見ます （　）	話します （　）
05. もらいます （　）	読みます （　）	書きます （　）
06. 遊びます （　）	支払います （　）	留学します （　）
07. 勉強します （　）	寝ます （　）	できます （　）
08. 別れます （　）	働きます （　）	休みます （　）
09. 起きます （　）	始まります （　）	運転します （　）
10. 終わります （　）	帰ります （　）	食べます （　）
11. 貸します （　）	借ります （　）	喫煙します （　）
12. 教えます （　）	聞きます （　）	旅行します （　）
13. 買います （　）	習います （　）	飛びます （　）
14. 登ります （　）	座ります （　）	着きます （　）
15. 泳ぎます （　）	出ます （　）	降ります （　）
16. 会います （　）	あります （　）	撮ります （　）
17. います （　）	吸います （　）	わかります （　）
18. やります （　）	浴びます （　）	頑張ります （　）
19. デートします （　）	歌います （　）	調べます （　）
20. 答えます （　）	掃除します （　）	通います （　）

句型二

～て　ください

　　日文中有許多句型，其前方必須接續「句型 1」當中所學習到的「動詞て形」。本項文法「～て　ください」（請…），前方就必須使用動詞て形。

　　「～て　ください」用於表達說話者對聽話者的「請求」或「指示」，可與上一課「句型 2」的「～ないで　ください」（請不要）一起記憶。

例 句

・ちょっと　待ちます。

　ちょっと　待って　ください。（請等一下。）

・冷蔵庫から　卵を　2個と　牛乳を　出します。
　冷蔵庫から　卵を　2個と　牛乳を　出して　ください。

　（請從冰箱裡拿出兩個蛋和牛奶。）

・窓を　閉めます。
　窓を　閉めて　ください。（請關窗。）

・暑いですから、　窓を　開けて　ください。（很熱，請開窗。）

・すみません、　次の　信号を　右に／へ　曲がって　ください。

　（不好意思，請下一個紅綠燈右轉。）

1. ここに　来て　　　　ください。
   鍵を　貸して
   先生を　呼んで

1. 例：家に　入ります・靴を　脱ぎます
   → 家に　入る　前に、　靴を　脱いで　ください。
   ① 来ます・連絡します
   ② ご飯を　食べます・手を　洗います
   ③ 寝ます・薬を　飲みます

2. 例：名前は　どこに　書きますか。（ここ）
   → ここに　書いて　ください。
   ① 資料は　何枚　コピーしますか。（10枚）
   ② 保険証は　誰に　見せますか。（受付の　人）
   ③ 図書室の　鍵は　どこで　借りますか。（職員室）

3. 例：今　調べます・ちょっと　待ちます
   → 今　調べますから、　ちょっと　待って　ください。
   ① もう　寝ます・静かに　します
   ② お腹が　空きました・食事を　用意します
   ③ 邪魔です・どこかへ　行きます

〜ては　いけません

此句型用於表達「禁止」。意思是「不可以做…／不行…」。除了可用於講述一般社會常規，亦可針對聽話者個別的行為做禁止的動作。當使用於「對聽話者個別的行為禁止」時，由於語氣非常強硬，因此多為父母、老師、上司等對於小孩、學生、下屬等發號施令禁止時使用。

可與上一課「句型 3」表「義務」的「〜なければ　なりません」（非…不可。不…不行。必須…）一起記憶。

例句

・美術館の　中では　大きい　声で　話しては　いけません。　　　　　（社會常規）
（在美術館裡，不可以大聲講話。）

・未成年者は　たばこを　吸っては　いけません。　　　　　　　　　　（社會常規）
（未成年者不可以抽菸。）

・危ないですから、　1人で　外へ　行っては　いけません。　　　　　（個別禁止）
（因為很危險，所以你不行獨自外出。）

・夜食を　食べては　いけません。　太りますから。　　　　　　　　　（個別禁止）
（不可以吃宵夜，會發胖。）

1. そこに 入っては いけません。
   お酒を 飲んで
   ここに 車を 止めて

1. 例：電車の 中で 寝ます（ドバイ）
   → ドバイでは、 電車の 中で 寝ては いけません。
   ① 子供を 1人に します（アメリカ）
   ② 政治家の 悪口を 言います（中国）
   ③ 女性は 夫以外の 男性に 顔を 見せます（イスラム教の 国）

2. 例：さっき お酒を 飲みました・車を 運転しません
   → さっき お酒を 飲みましたから、 車を 運転しては いけません。
   ① まだ 高校生です・パチンコを やりません
   ② ここは 軍事施設です・写真を 撮りません
   ③ あなたは もう 結婚しました・他の 女性と デートしません

～ても　いいです

　　此句型用於表達「做某一行為是被允許的」。意思是「做…也可以」。若是說話者向聽話者說「～てもいいですか（疑問）」，則是「尋求對方的許可」（說話者做動作）。

　　若是說話者對聽話者說「～てもいいです（肯定）」，則表示 1.「允許」聽話者去做某事（聽話者做動作），亦可用於表達 2.說話者本身的「意願」（說話者做動作）。

　　可與上一課「句型4」表「非必要」的「～なくても　いいです」（不…也可以／無妨／沒關係）一起記憶。

例　句

・ここで　写真を　撮っても　いいですか。 （尋求許可）
　（**我**可以在這裡照相嗎？）

・これ、　食べても　いいですよ。 （允許：聽話者做動作）
　（這個，**你**可以吃喔。）

・暇ですから、　あなたと　デートしても　いいですよ。 （意願：說話者做動作）
　（因為很閒，所以**我**可以跟你約會喔。）

・A：この傘、　ちょっと　借りても　いいですか。 （我可以跟你借＜入＞這把傘嗎？）
　B：どうぞ、　使って　ください。 （請，請用。）

・A：王さんに　お金を　貸しても　いいですか。 （我可以把錢借＜出＞給小王嗎？）
　B：王さんには　貸さないで　ください。　彼は　返しませんから。
　（請不要借給小王。因為他不會還。）

1. ここに　座^{すわ}って　　　も　いいですか。
   これを　もらって
   もう　うちへ　帰^{かえ}って

1. 例^{れい}：ここで　タバコを　吸^すいます（OK）
   → A：ここで　タバコを　吸^すっても　いいですか。
   　　B：ええ、　いいですよ。
   例^{れい}：あなたの　パソコンを　使^{つか}います（NG）
   → A：あなたの　パソコンを　使^{つか}っても　いいですか。
   　　B：いえ、　それは　ちょっと...。
   ① エアコンを　つけます（OK）
   ② 明日^{あした}、　犬^{いぬ}を　連れて^つ　きます（NG）
   ③ また　会^あいに　来^きます（OK）
   ④ キスします（NG）

2. 例^{れい}：電車^{でんしゃ}の　中^{なか}では（水^{みず}を　飲^のみます・お弁当^{べんとう}を　食^たべません）
   → 電車^{でんしゃ}の　中^{なか}では　水^{みず}は　飲^のんでも　いいですが、
   　　お弁当^{べんとう}は　食^たべないで　ください。
   ① 室内^{しつない}では（話^{はなし}を　します・マスクを　外^{はず}しません）
   ② 食事中^{しょくじちゅう}には（テレビを　見^みます・新聞^{しんぶん}を　読^よみません）

（老師正在向學生交代如何寫作文。）

皆さん、 今から 作文を 書いて ください。 テーマは
「私の 好きな ことです」。 辞書は 使っても いいですが、
ネットの AIは 使わないで ください。 内容は 必ず
自分で 考えて ください。 他の 人に 意見を 聞いては
いけません。 自分の 好きな ことですから。

（學生向老師提問。）

王 ：先生、 辞書を 忘れましたから、 貸して ください。
先生：図書室に ありますから、 そこで 借りて ください。

林 ：先生、 始める 前に、 トイレへ 行っても
　　　いいですか。
先生：早く 行って きて ください。

　　各位，現在開始請寫作文。主題是「我喜歡的事情」。可以用字典，但請別使用網路上的人工智慧。內容請一定要自己想。不可以去問別人的意見。因為是你自己喜歡的事情。

王　　：老師，我忘記字典了，請借我。
老師：圖書室有，請在那裡借入。

林　　：老師，開始之前，能不能去廁所。
老師：快去快回。

填空題

例：笑います：　　　（　　笑う　）　→　（　　笑わない　）　→　（　　笑って　）

1. 待ちます：　　　（　　　　　）　　（　　　　　）　（　　　　　）

2. 呼びます：　　　（　　　　　）　　（　　　　　）　（　　　　　）

3. 消します：　　　（　　　　　）　　（　　　　　）　（　　　　　）

4. つけます：　　　（　　　　　）　　（　　　　　）　（　　　　　）

5. 覚えます：　　　（　　　　　）　　（　　　　　）　（　　　　　）

6. 脱ぎます：　　　（　　　　　）　　（　　　　　）　（　　　　　）

7. 静かに　します：（　　　　　）　　（　　　　　）　（　　　　　）

8. 連れて　来ます：（　　　　　）　　（　　　　　）　（　　　　　）

選擇題

1. 車を　運転しますから、　お酒は　（　　）。
   1　飲みましょう　　　　　　　　2　飲んで　ください
   3　飲みませんか　　　　　　　　4　飲まないで　ください

2. 暑いですから、　エアコンを　（　　）　ください。
   1　開けて　　　　2　つけて　　　　3　開けって　　　4　つけって

3. 掃除したいですから、　部屋に　（　　）　いいですか。
   1　入っては　　　2　入らなくては　3　入らないでも　　4　入っても

4. 図書館で　（　）　いけません。
　　1　騒ぐ　　　　　　　2　騒がなければ　3　騒いでも　　　　　4　騒いでは

5. 台湾（　）、　MRTの　中で　飲食を　しては　いけません。
　　1　で　　　　　　　　2　に　　　　　　3　では　　　　　　　4　には

6. 財布を　忘れましたから、　1,000円　（　）　ください。
　　1　貸して　　　　　　2　借りて　　　　3　貸しって　　　　　4　借りって

翻譯題 ·

1. 音楽を　聞きながら　宿題を　しても　いいですか。

2. この　薬は、　1日に　2つ以上　飲んでは　いけません。

3. うるさいですから、　帰って　ください。

4. 會議開始之前，請影印這個資料。

5. 今天晚上你可以睡我家喔。

6. 不可以在這裡玩。快回去！

填空題 ....

01. 黄^{コウ}さんは 日本語^{にほんご}（　　　）　わかります。

02. 黄^{コウ}さんは 日本語^{にほんご}（　　　）　話^{はな}す　こと（　　　）　できます。

03. この　アプリで　レストラン（　　　）　予約^{よやく}（　　　）　できます。

04. この　アプリで　レストラン（　　　）

　　予約^{よやく}する　こと（　　　）　できます。

05. ダニエルさんは　英語^{えいご}（　　　）　わかりますが、

　　フランス語^ご（　　　）　わかりません。

06. ジャックさんは　フランス語^ごが　全然^{ぜんぜん}　わかり（　　　）。

07. 昨日^{きのう}、　新宿^{しんじゅく}（　　　）　買^かい物^{もの}（　　　）　行^いきました。

08. アメリカへ　経済^{けいざい}を　勉強^{べんきょう}（　　　）に　行^いきます。

09. A：食事^{しょくじ}は　もう　しましたか。　B：いいえ、　（　　　）です。

10. 新^{あたら}しい　先生^{せんせい}（　　　）　もう　会^あいましたか。

11. 授業^{じゅぎょう}が　始^{はじ}まりますよ。　教室^{きょうしつ}（　　　）　入^{はい}りましょう。

12. 教室^{きょうしつ}（　　　）　出^でる　前^{まえ}に、　電気^{でんき}を　消^けして　ください。

13. 昨日^{きのう}は　1人^{ひとり}（　　　）　新宿^{しんじゅく}へ　行^いきました。

14. 明日は　みんな（　　　）　花見に　行きます。

15. 鳥（　　　）　空（　　　）　飛びます。

　　　魚（　　　）　海（　　　）　泳ぎます。

16. あっ、　猿（　　　）　木（　　　）　登りました。

17. 私（　　　）　彼女（　　　）　お金（　　　）　貸しました。

18. 辞書を　忘れましたから、　あなたの　辞書（　　　）　貸して　ください。

19. 中村さん（　　　）　お金を　借りないで　ください。

20. 銀行（　　　）　お金を　借りて　ください。

21. コーヒー（　　　）　飲みたいです。

22. 旅行に　行きたいです（　　　）、　時間が　ありません。

23. 今日、　学校（　　　）　運動会が　あります。

24. 私の　学校（　　　）　外国人の　学生が　います。

25. この資料、　もらって（　　　）　いいですか。

26. ここで　写真を　撮って（　　　）　いけません。

27. 廊下（　　　）　走らないで　ください。

28. 私の　大学（　　　）　教室（　　　）　パソコンを　使うことが　できます。

選択題 ·

01. 教室では　食事（　）　できます（　）、　喫煙（　）　できません。

1　は／が／は　　　2　が／は／が　　　3　を／は／を　　　4　を／が／を

02. A：昨日、　ご飯を　食べましたか。　B：いいえ、　（　）。

1　食べません　　　　　　　　　　2　食べませんでした

3　もう　食べます　　　　　　　　4　まだです

03. A：昼ご飯は　もう　食べましたか。

　　B：いいえ、　（　）。　これから　食べます。

1　食べません　　　　　　　　　　2　食べませんでした

3　もう　食べます　　　　　　　　4　まだです

04. 私は　毎日、　8時の　電車（　）　乗ります。

1　を　　　　　　2　で　　　　　　3　が　　　　　　4　に

05. (承上題) そして、　新宿駅で　電車（　）　降ります。

1　を　　　　　　2　で　　　　　　3　が　　　　　　4　に

06. 恋人（　）　手紙（　）　書きました。

1　と／に　　　　2　に／を　　　　3　へ／に　　　　4　の／に

07. 音楽を　聞き（　）　宿題を　します。

1　ますが　　　　2　ますから　　　3　ながら　　　　4　たいから

08. 旅行に　行きたいです（　）、　お金が　ありません（　）、

　　行く　ことが　できません。

1　から／が　　　2　そして／でも　3　しかし／が　　4　が／から

09. 彼は　お金持ちです　（　　）、　働かなくても　いいです。
　　1　が　　　　　　　2　から　　　　　　3　しかし　　　　4　でも

10. この　薬は　（　　）前に　飲みます。
　　1　寝ます　　　　　2　寝　　　　　　　3　寝る　　　　　4　寝ります

11. 私の　趣味は　絵を　（　　）。
　　1　描く　ことが　できます　　　　　　2　描く　ことです
　　3　描きます　　　　　　　　　　　　　4　描きに　行きます

12. 彼女（　　）　来る　前に、　部屋を　片付けます。
　　1　が　　　　　　　2　に　　　　　　　3　は　　　　　　4　を

13. 食べながら　　（　　）　ください。
　　1　話に　　　　　　2　話　　　　　　　3　話さないで　　4　話す

14. 料理（　　）　私（　　）　作りますから、　台所には　入らないで　ください。
　　1　が／は　　　　　2　は／が　　　　　3　を／に　　　　4　に／が

15. 月末（　　）　在留カードを　更新して　ください。
　　1　まで　　　　　　2　までに　　　　　3　前に　　　　　4　前は

16. 今　調べますから、　ここで　ちょっと　（　　）　ください。
　　1　待て　　　　　　2　待って　　　　　3　待たないで　　4　待ちないで

17. この　辞書、　（　　）　いいですか。
　　1　借りては　　　　2　借りても　　　　3　借りないでは　4　借りないでも

18. ここで　タバコを　（　　）は　いけません。
　　1　吸いて　　　　　2　吸って　　　　　3　吸んで　　　　4　吸して

日本語 - 03

穩紮穩打日本語 初級 3

編　　　著	目白 JFL 教育研究会
代　　　表	TiN
排 版 設 計	想閱文化有限公司
總　編　輯	田嶋 恵里花
發　行　人	陳郁屏
插　　　圖	想閱文化有限公司
出 版 發 行	想閱文化有限公司
	屏東市 900 復興路 1 號 3 樓
	電話：(08)732 9090
	Email：cravingread@gmail.com
總　經　銷	大和書報圖書股份有限公司
	新北市 242 新莊區五工五路 2 號
	電話：(02)8990 2588
	傳真：(02)2299 7900
初　　　版	2023 年 07 月
定　　　價	280 元
I　S　B　N	978-626-96566-7-7

國家圖書館出版品預行編目 (CIP) 資料

穩紮穩打日本語 . 初級 3/ 目白 JFL 教育研究会編著 . -- 初版 . --
屏東市 : 想閱文化有限公司 , 2023.07
　面；　公分 . -- (日本語 ; 3)
ISBN 978-626-96566-7-7(平裝)

1.CST: 日語 2.CST: 讀本

803.18   112010661